閱讀123

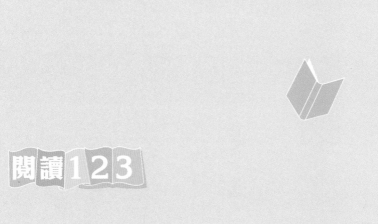

國家圖書館出版品預行編目資料

小兒子. 1, 爸爸是夜晚暴食龍 / 駱以軍原著；王文華改寫；李小逸插畫. -- 第一版. -- 臺北市：親子天下, 2020.06
145面；14.8×21公分注音版
ISBN 978-957-503-591-4(平裝)
863.596　　109004388

小兒子❶ 爸爸是夜晚暴食龍

改寫｜王文華
插畫｜李小逸

原著｜駱以軍
轉譯主創、動畫監製、動畫編劇主創｜蘇麗媚
動畫導演、動畫編劇｜史明輝
本作品由 夢田影像 授權改編

責任編輯｜陳毓書
特約編輯｜廖之瑋
美術設計｜林子晴
行銷企劃｜吳函臻

天下雜誌群創辦人｜殷允芃
董事長兼執行長｜何琦瑜
兒童產品事業群
副總經理｜林彥傑
總編輯｜林欣靜
主編｜陳毓書
版權主任｜何晨瑋、黃微真

出版者｜親子天下股份有限公司
地址｜台北市 104 建國北路一段 96 號 4 樓
電話｜（02）2509-2800　傳真｜（02）2509-2462
網址｜www.parenting.com.tw
讀者服務專線｜（02）2662-0332　週一～週五：09:00~17:30
傳真｜（02）2662-6048　客服信箱｜parenting@cw.com.tw
法律顧問｜台英國際商務法律事務所・羅明通律師
製版印刷｜中原造像股份有限公司
總經銷｜大和圖書有限公司　電話：（02）8990-2588

出版日期｜2020 年 6 月第一版第一次印行
2022 年 11 月第一版第十次印行
定價｜300 元
書號｜BKKCD143P
ISBN｜978-957-503-591-4（平裝）

小兒子 1

爸爸是夜晚暴食龍

改寫 王文華　插畫 李小逸
原作 駱以軍　角色設定 夢田文創

目錄

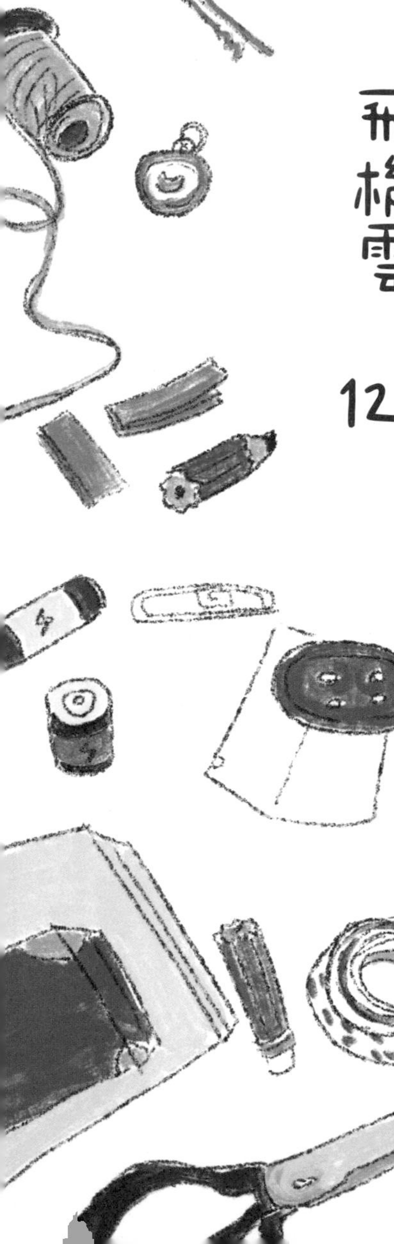

夕陽西下，有一個頭大大跑得很快的小學生……
哥哥阿白。
媽媽！他在街上大吼大叫，很丟臉耶。
媽媽。
你回來啦！
他是阿甯咕。
這是端端。
爸爸出現。
咦？
那個打擊宇宙鼻涕蟲，飛向無垠星空的星光艦隊快要演了啊！
我急啊。
我的爸爸
胖嘟嘟的爸爸。
整天無所事事。
無業遊民。
超愛嚇狗嚇小孩。
一件褲子穿很多天，
臭起司味，
那就是我爸爸……

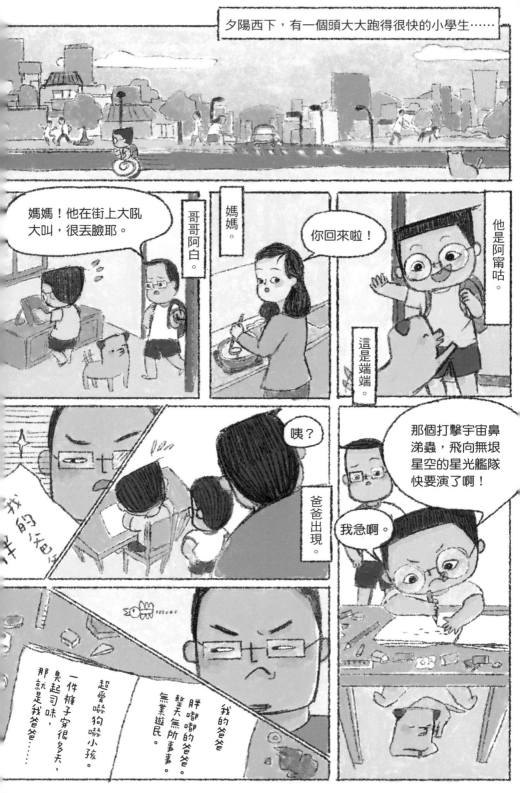

明明寫得很實在。
點頭
胡說。
明明就是！
沒謊言？
大人在上，草民句句實話，沒有謊言。
黑兔金兔是爸爸的發明，表現好有金兔，表現不好得黑兔。
明鏡高懸
一派胡言，罰你三隻黑
阿甯咕你聽好，給你將功贖罪的機會，仔細觀察父親大人的生活，每週交一篇短文，八週後再做定奪。
啪!
明鏡
沒想到為父辛苦一生，竟被兒子當做無業遊民……
都是真的。
一篇變八篇？！
嘿嘿嘿。

爸爸的偉大發明

阿甯咕計畫好了，爸爸賞的三隻金兔，他要去換超人和小卡車。

生活課要教車子，如果他帶去的小卡車上有超人，絕對是全班，

不，是全宇宙第一酷。

推開家門，哥哥阿白不懷好意的等著他，用手在他身上一戳：

「我電你。」

「啊？」

「我再電你！」阿白又喊了一聲，「你現在剩幾隻金兔。」

「人家只剩下一隻金兔了。」阿甯咕臉色鐵青。

「嘿嘿嘿，不好意思，我還有一隻雷兔，電你電你電你，電得你哭哭去。」

「人家，人家的金兔……」阿甯咕真的哭了，沒有金兔，就不能換卡車，沒有卡車，明天去學校，怎麼當宇宙第一酷。

金兔是爸爸的發明。

只要在家裡表現好：幫忙拖狗尿、做爸爸不想做的家事、讀完爸爸指定的書，就可以獲得一隻金兔。

一隻金兔可以換三十元，能買自己想買的東西。

世界總是有善有惡，有好有壞：有金兔就有黑兔。表現不好的人拿黑兔，一隻黑兔消掉一隻金兔。

爸爸還創造出有強大功能的雷兔，雷兔可以電別人的金兔，可以把金兔變黑，也可以把黑兔變金，厲害得不得了。

阿甯咕前兩天，才把哥哥阿白的金兔全部電成黑兔。

今天……

「人家的金兔。」阿甯咕哭得好大聲，哥哥阿白笑得好開心，在書房裡的爸爸忍不住走出來：「吵吵吵，吵死了，一人一隻黑兔。」

阿白不怕，他還有一隻金兔可以抵。

阿甯咕哭得更大聲了。才剛放學回到家，書包都還沒放下，明天最完美的計畫不但被電光了，還倒欠爸爸一隻金兔。

「你還我，你還我金兔。」阿甯咕追著爸爸。

「你自己的金兔被哥哥電光光，為什麼找我要？」爸爸一問，阿甯咕擦掉眼淚和鼻涕：「上個星期三和這個星期一，我都幫你拖狗尿，那就有兩隻金兔；還有，你偷偷倒掉媽媽要你喝的養肝茶，你說我只要保守祕密，要送我三……」

「好傢伙，威脅爸爸呀，你小聲一點，到底有幾隻？」爸爸看看廚房，媽媽在煮菜，沒聽見。

「真的嗎？」

「帳本全記在我心裡嘛。」阿甯咕笑

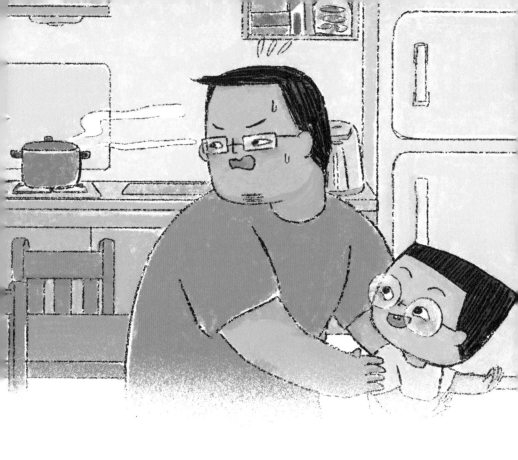

嘻嘻。

「越看你越像雞腸鳥肚的小商人。」

爸爸嘖了一聲：「更可惡的是，唯一的顧客就是我。」

臨睡前，阿甯咕的床頭有卡車，懷裡有超人。爸爸語重心長：「阿甯咕啊，爸爸發明這個制度，是希望幫你們改掉壞習慣。」

阿甯咕想也沒想：「這個制度也讓你光明正大的使喚小孩啊。」

「有嗎？」

「多得數不清啊，我得幫你

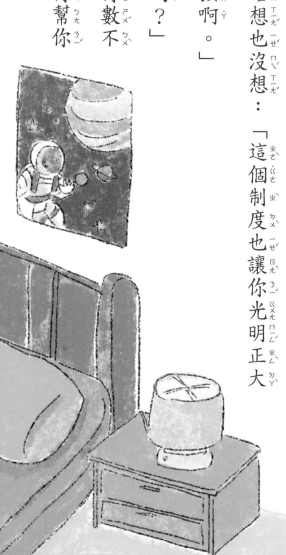

拖狗尿、倒書房的垃圾。」

阿白加入戰局：「你買黑覺醒，我和阿甯咕要替你提回家。」

「也要掩護你買刮刮樂。」

「還要幫你找藉口不去看奶奶。」

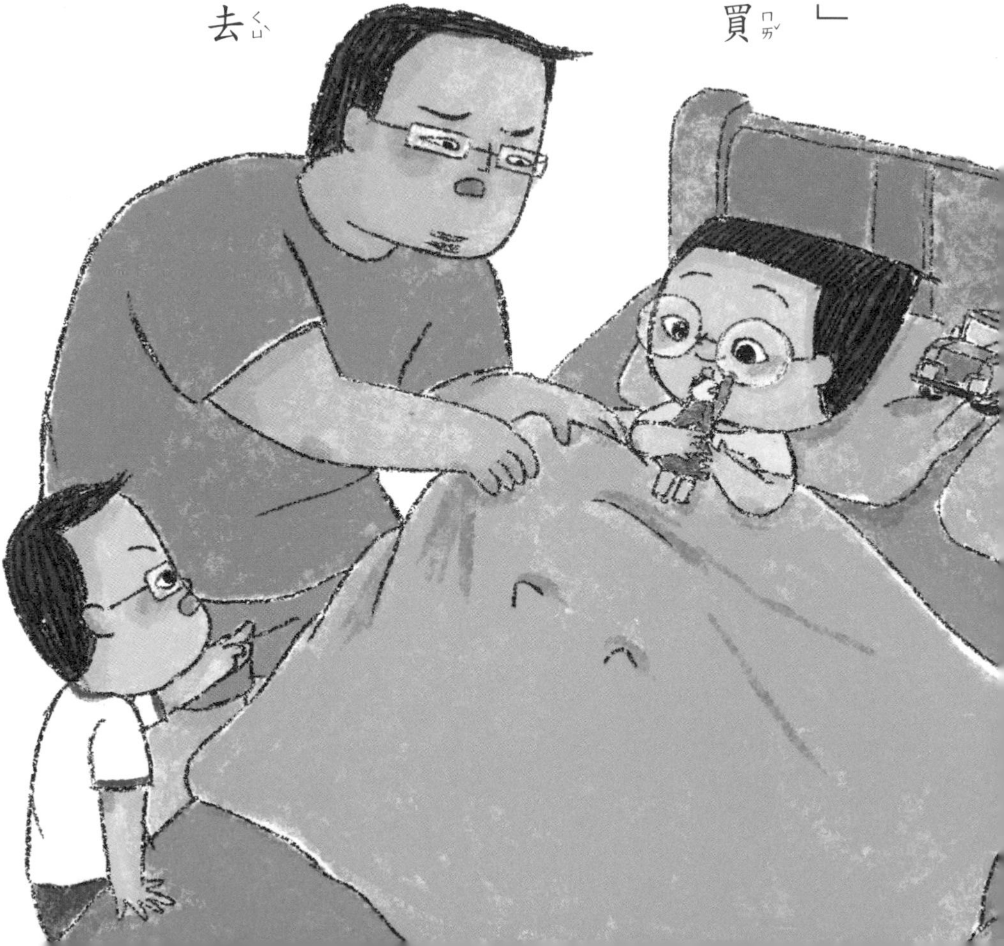

「停停停……」爸爸的臉一沉，「爸爸不是要講這個，爸爸是覺得你們太在意這些小東西了，一隻金兔三十元，阿甯咕成天就在算那些錢，小鼻子小眼睛小利益，想當年，你們的曾曾祖父也就是我的曾祖父，被人尊稱駱老爺……」

爸爸一講當年，阿甯咕的眼皮就重了，床尾的端端跟著打呼嚕了。

呼嚕嚕。

呼嚕嚕。

「我還沒說完啊。」

阿甯咕眼皮完全落下了。

「阿甯咕，爸爸是不是好久沒揍你了？」

「嗯——」

「仔細想想，這個免免制度還不錯吧？」

「嗯——」

「以前犯錯要修理，改成免免制，犯錯只要記帳就好，是不是很棒？」

阿甯咕迷迷糊糊的說：「我記得，我小的時候你在巷子裡揍我，有一次還說要把我丟進水泥攪拌車。」

「那一次是你太皮了，我太生氣了。」

「你還說要把我養的黑魔鬼魚倒進瑠公圳。」

「這麼久遠的事你幹嘛記那麼清楚？」

「有一次你還把我拖到……」

「好好好，求求你忘了這些暗黑的往事吧，不然我給你三隻金兔，求你忘了它們吧。」

一講到這個，阿甯咕就清醒了。

「五隻，少一隻都不行了。」

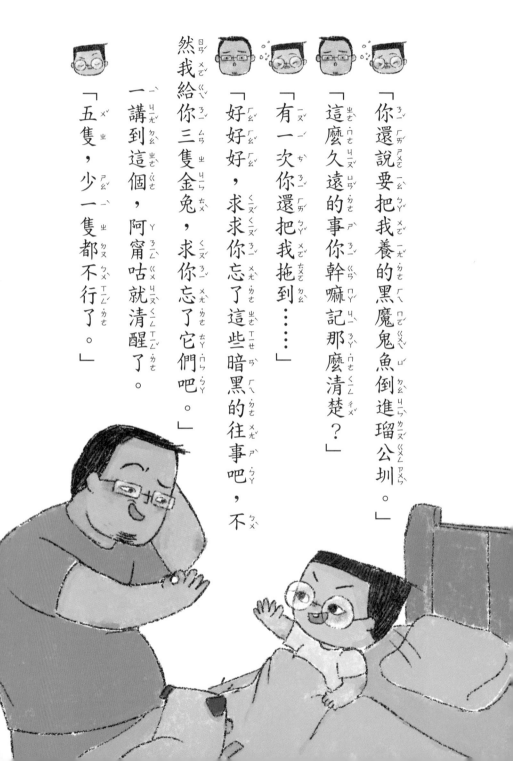

訂正

屎　屎　屎　屎　屎

我爸爸是發明大王，他發明了金魚制度，有了金魚我就可以想買什麼就買什麼，拿到黑魚就會扣金魚，還有雷魚和尿（屎）克螂魚、對賽魚。只要答應他，不要把他的祕密說出去，再多的金魚他都肯給

哦。

不要計較蠅頭小利，男人的眼光要向前看。

什麼祕密，告訴媽媽，爸爸答應給多少金兔，媽媽加倍給你。

快點！
垃圾車要走了

阿甯咕坐在電腦桌前，咬著鉛筆，偷偷觀察沙發上的爸爸，爸爸突然大叫：「唉呀！垃圾！」

阿甯咕跑到爸爸身邊，後頭是他的小狗跟班端端。

「爸爸，誰是垃圾？」

爸爸站在客廳，手忙腳亂：「垃圾，倒垃圾！」

原來不是罵人家是垃圾，也不是看見什麼垃圾。

「阿白抱廚餘桶，阿甯咕拿資源回收。」

「但是，爸爸……」阿白有話要說。

「阿白，現在不是聊天的時候。」爸爸看見阿甯咕：

「甯兒，還不快去。」

「孩兒得令！」阿甯咕從後陽臺扛出資源回收，還從裡頭拎出一個皺皺的盒子：「爸爸，我的美勞作品，為什麼在這裡？」

「你說這是什麼？」

「我的美勞作品——黑人牙白飛天火箭，是不是你把它扔進去的？」

「就這個貼了四顆鈕釦的紙盒子，就是火箭了？」

阿甯咕還發現：「爸爸，你怎麼連端端最愛的慘叫雞都丟進去啦！」

每個星期，爸爸會依孩子們的表現給金兔，阿甯咕用金兔換來的零用錢去買玩具，包

括這隻壓下去會傳來一陣可怕慘叫聲的慘叫雞。

它曾經是阿窩咕的最愛。阿窩咕不再愛它之後，它就變成小狗端端的最愛。

然而，雞脖子現在有幾個破洞，是端端咬的，爸爸一壓，只有嘶嘶風聲。

「它明明就壞了啊。」

「它明明就是我的最愛。」阿甯咕不屈不撓的，又從資源回收袋裡，救回幾顆玻璃珠、幾輛塑膠小汽車和彈力球：「你們都是我的寶貝，誰也不能讓我們分開。」

「上回說這句話的人，現在是流浪漢。」爸爸望著阿白：「你可別學你弟，連廚餘都想拿回來舔一舔。」

阿白好像想到什麼，遲疑的說：「爸爸，那個……」

爸爸拍拍他肩膀：「阿白，我們駱家好男兒，該上場

衝鋒時絕不婆婆媽媽。孩子們，準備好了吧？」

汪汪！端端是先鋒，候在門邊，興奮的跳上跳下。

「端端，衝吧！孩子們，快快快，下樓了。」

爸爸邊跑邊說：「這兩天雖然媽媽不在家，別擔心，只要有爸爸在，絕對不會讓你們餓著凍著，家裡也絕不會有垃圾的存在！」

他們父子提著垃圾、扛著回收、抱著廚餘桶，幾乎快把樓梯間占滿了。

「等一下，等一下。」鄰居何奶奶也來了。

她看看大家，誇爸爸：「真好命，有這麼好的兒子幫忙。」

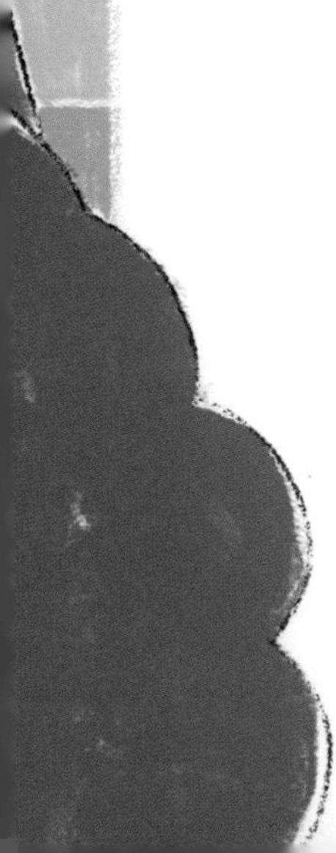

「沒什麼，沒什麼。」爸爸很客氣。

父子三人和何奶奶打完招呼後，趕緊往樓下衝，何奶奶似乎還想說什麼，而他們已經快馬加鞭，過了貳月咖啡店，美麗的老闆娘還替他們加油：「勤奮的駱家。」

「沒什麼，沒什麼。」爸爸豪氣萬丈的說：「今天太太不在家，我來！」

「啊，那更不容易呢。」老闆娘笑。

「如果你們也有垃圾要倒，我們可以幫忙。」爸爸豪氣的說。

阿甯咕跟在後頭：「對，我們可以幫忙。」

「倒垃圾？」老闆娘眼睛張大了。

「沒什麼，」爸爸停下腳步：「都是鄰居……可以幫忙……」

貳月咖啡店的小姐姐不泡咖啡，服務生放下杯子。

老闆娘笑得更甜了：「駱先生啊，垃圾車明天才會來哦！」

「今天……」

爸爸說。

貳月咖啡屋

所有的人都在搖頭。

爸爸愣了一下，發出一陣尷尬的笑聲：「哈……明天……哈，我就說明天才倒垃圾嘛！」

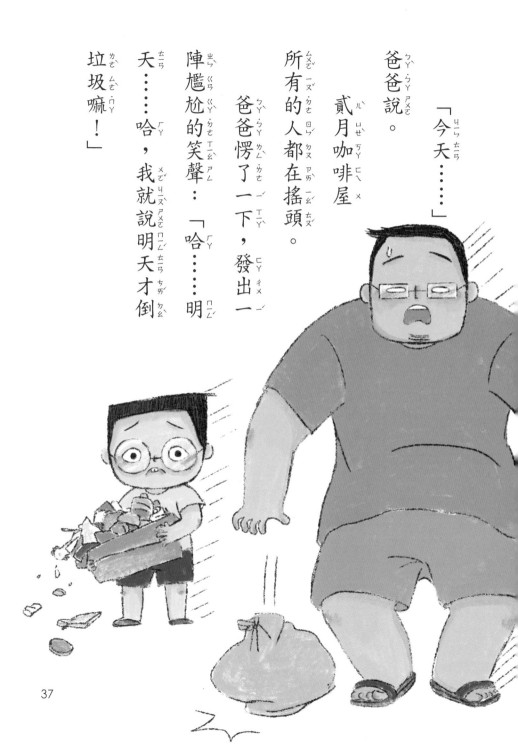

回家的路上，阿甯咕耳朵很癢，好像咖啡店裡的笑聲，能傳這麼遠。

阿白說：「爸爸，我早就想說今天不收垃圾。」

爸爸用力拍著他的肩：「沒關係，今天當做垃圾演習日，明天我們一定跑得更快，做得更好。」

爸爸的話還響在耳邊，阿甯咕就看到何奶奶……

「我剛才就想說了，垃圾車明天才來，你們這麼年輕，記性怎麼比我還糟……」

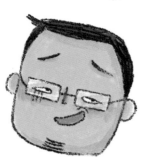

訂正

睹 睹 睹 睹 睹

我爸爸是個記性比何奶奶還糟糕的男人，他連
哪一天倒垃圾都記不住，這是我這個星期親眼目賭睹。

男子漢大丈夫，是要立大功做大事，何必整天記這種雞
毛蒜皮的小事。
即使是登陸火星那種天大的事，也是從雞毛蒜皮的小事
做起，週三倒垃圾，爸爸寫十遍。

天空不會
一直下鳥屎

颱風登陸前，氣象報告，降雨機率百分之百，但是爸爸看看天色，決定不帶傘。

「老夫掐指一算，颱風雨不會這麼早下。」

「爸爸英明！」

阿甯咕也不想帶傘，太麻煩了。他們在颱風前出門，目的是要拿已經逾期的影集光碟去還。

剛走出巷子口，馬上下起傾盆大雨。

巷口有騎樓，他們躲進去驚喜的發現，這麼剛好，就站在十元商店門口。溫暖的招牌燈光，像召喚獸在呼喚。

「這叫做人生處處有驚喜，要不是沒帶傘，怎麼會來這家店？」爸爸笑著說。

阿甯咕也愛逛十元商店。

「黃色小鴨鴨。」阿甯咕大叫：「爸爸，我的金兔

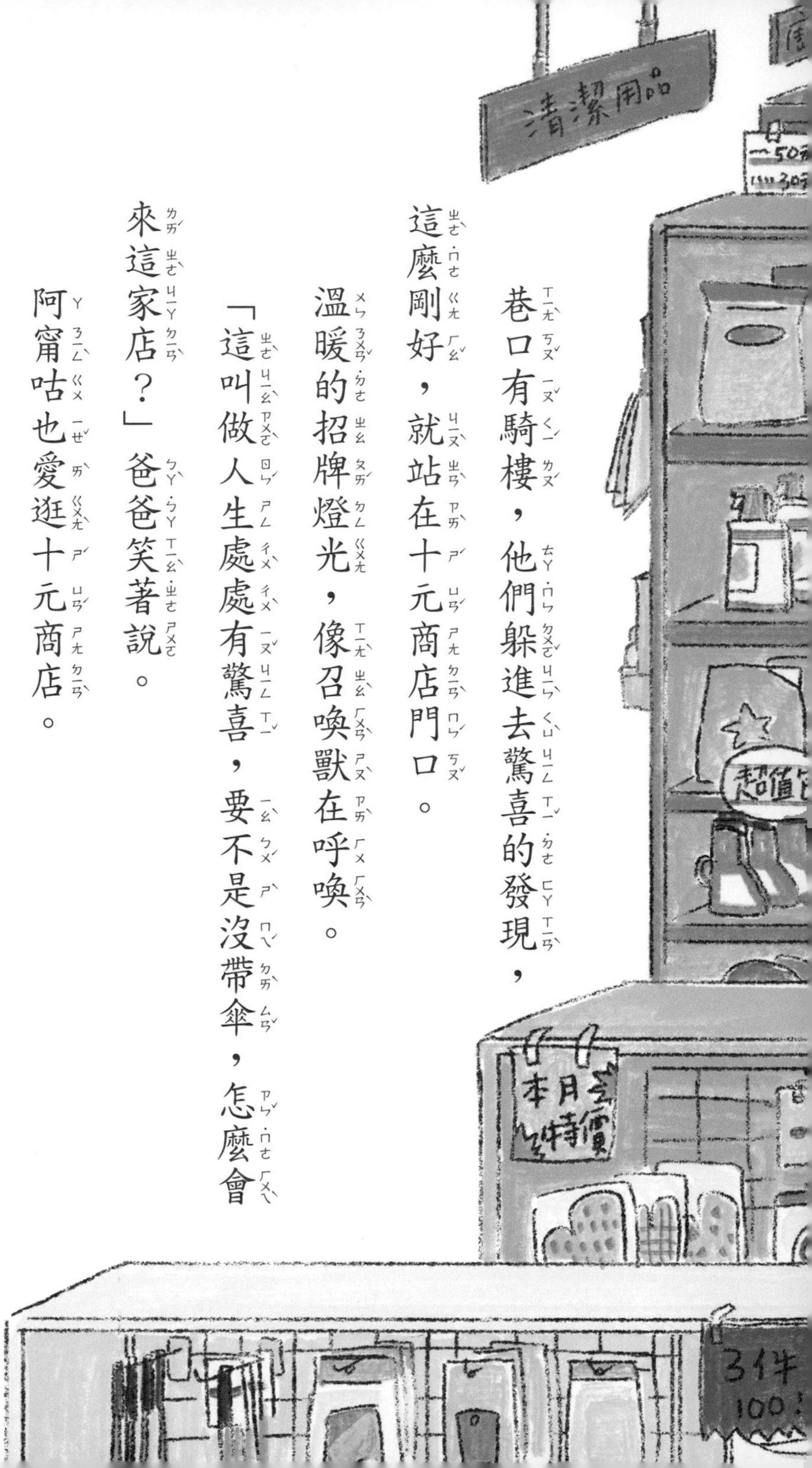

還有兩隻，我要換小鴨鴨。」

爸爸挑了一把巨無霸傘：「那種黃色塑膠鴨是垃圾，除了占空間，還能做什麼，你要學爸爸，一樣的錢，卻能買一把大雨傘。」

「給端端啃啊！」阿甯咕是端端的小主人，小主人會常常給小狗驚喜，「而且，我有金兔，那是我努力賺來的獎勵品。」

他們走出店門口，雨還是很大。隔壁是便利商店，阿甯咕記得：「上次買飲料玩即時樂，我連續抽到三張免費的獎券，賺了三瓶飲料！」

「走，再去試試。」爸爸吩咐阿甯咕：「搬四瓶黑覺醒來吧！」

打著哈欠的店員說：「你們……好有福氣，今天……是即時樂最後一天。」

阿甯咕把四瓶黑覺醒擺上去：「我們要抽四張。」

結果，手氣不好，他連抽四張謝謝惠顧的獎券。

「弟弟今天手氣不好哦。」店員哥哥不打哈欠了。

「阿寗咕……」爸爸的眼神很殺，阿寗咕懂，他又搬了四瓶黑覺醒。

然後又四瓶。

爸爸終於嘆口氣：

「人家說，天空不會天天掉鳥屎，還是見好就收吧！」

「爸爸，是見壞就收吧？」

付了錢，走出超商店門口，雨下得更瘋狂了。那把新買的大黑傘被風一吹，傘頭和傘骨當場分家。

「爛傘，爛傘，爛傘。」爸爸氣得把傘骨往騎樓柱子上摔。

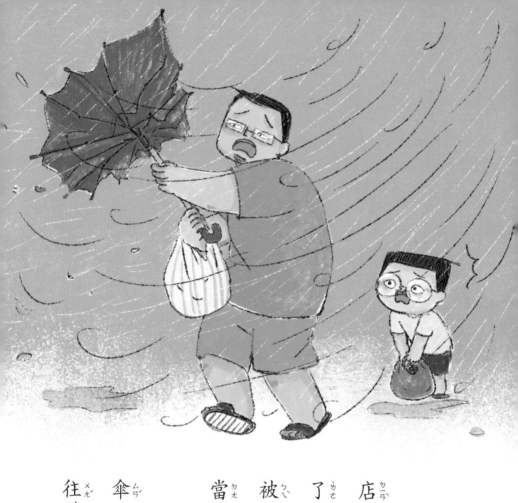

喀！

「爸爸，你把它打斷了。」

「我氣啊！」爸爸用力的把傘骨扔出去。

「你把它弄斷弄丟，要怎麼拿去跟老闆換傘？」

阿甯咕說話時，十元商店的老闆探頭看了他們一下，心虛的把鐵門拉下來了。

爸爸在店外大罵：

「換傘？我猜他不會讓我們換。」

有那麼一瞬間，阿甯咕感覺空中有隻鳥，正不斷用鳥便便攻擊他們。

雨水很冰。

他們提著十二瓶黑覺醒，用僅存的傘頭遮著身體，勉強在車陣、騎樓與斑馬線間穿梭。好不容易，終於走到師大路的光碟租借店門口。

爸爸恢復爽朗的聲音：「你看，就算巨無霸雨傘變成巨無霸斗笠，還是能把光碟還掉的。」

說到光碟，阿甯咕突然想起來：「爸爸，我好像……真的忘記拿光碟來。」

「你沒帶光碟？」

阿甯咕怯怯的點點頭，咻，一陣大風，差點把傘頭吹走，嘩，一陣大雨，把他們淋得更溼更溼。

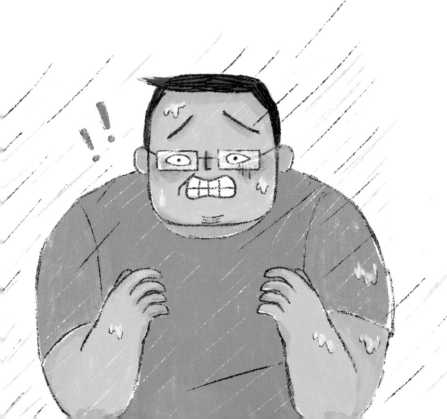

為了提振士氣，爸爸決定去超市買點豬大骨：「犒賞犒賞端端，別讓牠成天只啃黃色塑膠垃圾鴨。」

超市不遠，颱風夜裡，亮著迷人的燈光。

阿甯咕衝去找他的最愛，小熊軟糖。他抱著軟糖出來時，就聽到爸爸絕望似的吼著：「不買了，不買了。」

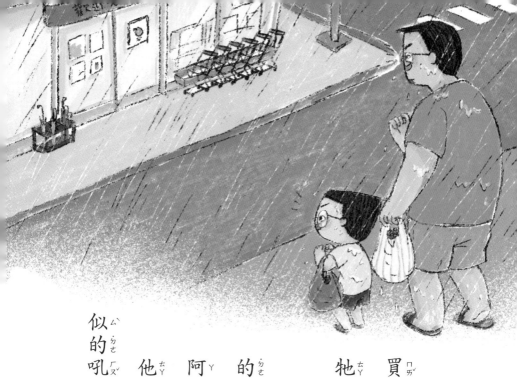

阿甯咕問：「為什麼不買了？」

「你自己看嘛，別說豬大骨，連小排骨、小軟骨、尾冬骨、豬蹄骨，全都賣光了，」爸爸指指人龍：「就算只買小熊軟糖，也要排半小時的隊，不買可以吧！」

「不可以！人家就要小熊軟糖。」阿甯咕幾乎要躺到地上了：「跟你出來老半天，什麼也沒買，我不管，我就要小熊軟糖。」

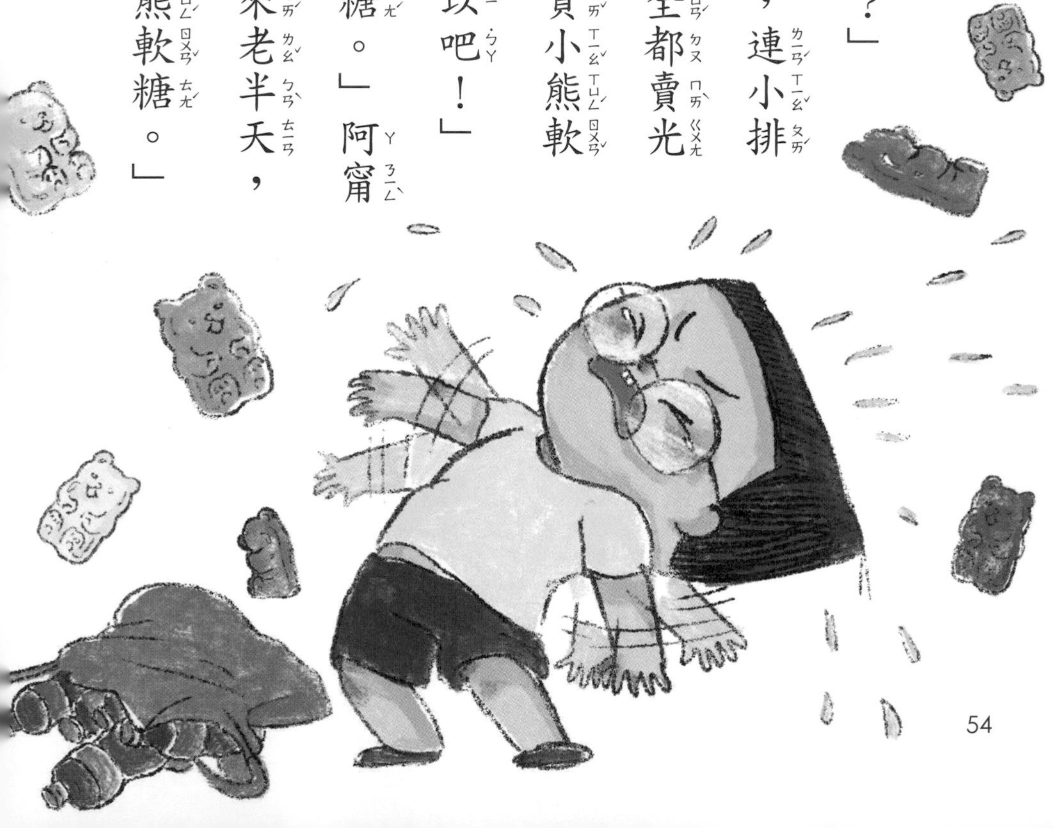

訂正

倒 倒 倒 倒 倒

我爸爸是一個運氣很差的爸爸，跟著他，你會
倒
到楣透頂，爸爸說運好不怕什麼來磨，但是我寧願
不要磨啊。

運氣是上天給你的，命運卻是自己創造出來的。

帶雨傘帶雨傘帶雨傘，因為重要所以說三次。

爸爸是
夜晚
暴食龍
天亮啦！

「天亮啦！」爸爸起床洪亮的聲音，雖然聽過很多次，阿甯咕還是嚇一跳，手裡的筷子掉到地上。

「颱風走了。」爸爸伸個懶腰，看看桌上的清粥小菜：「咦，昨天阿白的生日蛋糕不是還有好大一塊，拿來配咖啡當早餐剛剛好。」

阿甯咕看看他，搖搖頭。

「沒了？」

哥哥阿白跟著點點頭。

爸爸打開冰箱：「不會吧，連過期的巧克力，上個月的楓糖蛋糕，還有櫥子裡的餅乾也沒了？」

「對呀，那些蘇打餅乾、花生夾心酥……」媽媽像在開清單。

「都被我吃下肚？」

小狗端端搖搖尾巴，好像很贊同他的話。

爸爸有夢遊症，常常半夜爬起來，把冰箱、廚房、客廳櫥櫃裡的食物全掃進肚子裡，只是他很少吃

甜食的。

「爸爸，還有我書包裡的七七乳加巧克力。」阿甯咕悲憤的說：「爸爸，你不是最討厭吃甜食嗎？」

那條七七乳加巧克力，是阿甯咕用一隻金兔換來的：「你要賠我。」

「天哪，我的夢遊症也太可怕了吧！」

爸爸拍一下額頭，疼得直叫：「哎喲，我的頭怎麼腫了這麼大一包？」

媽媽扶他坐下：「親愛的，還有腳。」

爸爸一低頭，果然，腳上還包了繃帶。

「這怎麼回事？」

怎麼回事，阿甯咕很清楚啊，昨天颱風登陸，風很大，媽媽讓他們去頂樓檢查檢查。

端端跑前面，阿白和阿甯咕跟著，阿甯咕才剛彎腰要清水溝，突然傳來啊的一聲，是爸爸，他走在最後頭，額頭撞到頂樓那棵五葉松。

「難怪我額頭腫個包。」

「所以你很生氣啊。」

阿甯咕說。

「生什麼氣？」

阿甯咕說：「你一直要五葉松道歉，說它為什麼站在路中間，不懂敬老尊賢讓條路給你走。」

「真……真的嗎？」

阿甯咕和哥哥用力點點頭，阿甯咕還說：「我們想把你拉走，你不肯走，說它沒道歉你絕不原諒它。」

「我腳上的傷？」

「爸爸，你追端端時，一不小心踩到水溝。」阿白說。

「你要我教端端做一個有用的人。」阿甯咕想到：「爸爸，你昨天晚上真的很迷糊耶，端端是狗，怎麼做個有用的『人』？」

「都是那包感冒藥啦！」爸爸說。

阿甯咕知道，爸爸每回吃了感冒藥，都會暈暈沉沉，連自己做了什麼事都記不得：「奶奶一定也很受不了你，昨天晚上你很驢，打電話給奶奶的時候，好像小孩子。」

「我有打電話給奶奶，我怎麼沒印象？」

「真的有，」阿甯咕學爸爸的口氣：「媽，我是嘟啦，你要好好保重身體，颱風來了，爬不上去的地方別勉強自己，我會去幫你，你不要自己爬上爬下的，我好想吃你煮的紅燒茄子……」

「嘟啦，你真的有打來跟我說颱風來了，要我注意安全，我一直以為我在做夢，原來你真的有打來，吵著要吃紅燒茄子，嘟啦，你都做爸爸了，怎麼還像小孩子？」

放下電話，爸爸大叫：「夢遊兒子打給夢遊老媽，這……」

「這叫做基因。」阿白和阿甯咕說：「我們駱家獨一無二的夢遊基因。」

後來，他們一家人出發去公園探險。

颱風走後的公園裡，有清新的綠樹氣息。休息時，爸爸坐在公園椅上，蹺著二郎腿時發現……

「奇怪了，怎麼我腳上繃帶寫了『水ㄅ』，這是誰幹的好事？」

阿甯咕自己舉手：「因為你踩到水溝受的傷，我怕你忘記。」

「所以你寫了水勺？」

「是水溝啦。」

「你想寫水溝，但寫了錯字變水勾，可是你勾也不會寫，就寫成水勺？」爸爸大吼：「阿甯咕，罰你把水溝寫十遍，還有，出去別說你是小說家嘟啦的兒子。」

訂正

爸爸吃了感冒藥，大部分的事都迷迷糊糊的，卻記得打電話給奶奶，媽媽說那是因爲他心裡還沒長大，永遠需要找媽媽，但是我覺得這樣也很帥，因爲他心裡永遠有媽媽的存在。

我長大了，我只是吃完藥忘了自己長大了。

阿甯咕，歡迎你不管長大了沒有，隨時打電話給媽媽。

莫名其妙的世界末日

阿甯咕回來時，家裡暗暗的，熱呼呼的。

「爸爸，你怎麼坐在書桌下。」

爸爸抱著端端，神情憂鬱：「你沒發現嗎？」

阿甯咕看看他，再看看端端，他也鑽到桌子下：

「你們在玩捉迷藏嗎？不對，阿白還沒回來，媽媽在上班，你們跟誰玩啊？」

「我聞聞看——除了爸爸臭臭的短褲，還有……」

「對吧——對吧——我就說嘛！」爸爸大叫一聲，端端逃開了。

「前天我的檯燈莫名其妙壞了，昨天冷氣莫名其妙停了，今天早上我寫稿子寫到一半，日光燈莫名其妙暗掉了，還有馬桶，馬桶莫名其妙塞住了，你看，這麼多莫名其妙。」

「爸爸，你在說什麼呀？」

「世界末日啊，連空氣都莫名其妙的臭了，你自己看吧。」爸爸爬出書桌，從書架上抽出一本書。

「馬雅末世預言？」阿甯咕問時，哥哥阿白也回來了。

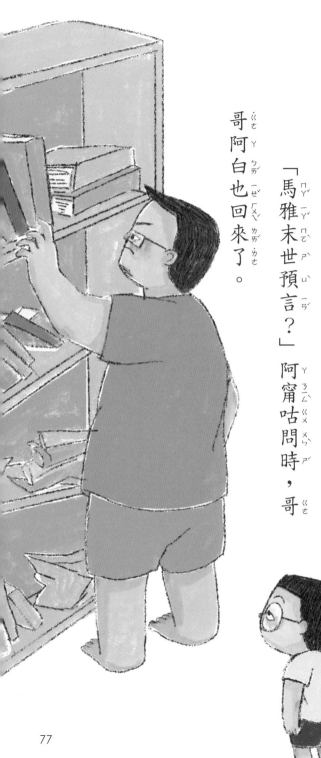

「書上寫得明明白白，這就是末日徵兆啊，阿白，你回家後看見什麼？」

「烏漆墨黑的，你們為什麼不開燈？」

「壞了！」爸爸指著日光燈：「冷氣機也壞了，末日徵兆啊，連沙發椅都有破洞。」

「那是端端咬的。」兩兄弟同時說。

「還有味道，屋裡臭味越來越重，一切都在崩壞進行中。」

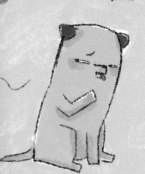

阿甯咕聞聞爸爸：「你這條褲子穿幾天了？」

「書上寫得清清楚楚，這麼多莫名其妙同時出現，地球就快大爆炸了，」爸爸伸手一揮：「收拾你們最重要的東西，我們先去河濱公園，那裡地方大，好逃難，或許這也是我們最後一次看落日了！」

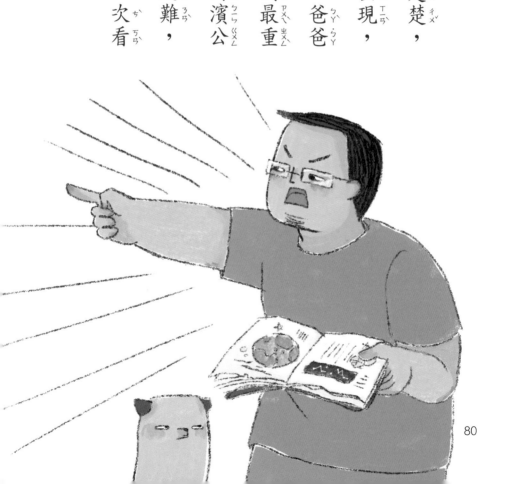

爸爸抱著寫小說的筆電，阿白帶了他最愛的書，臨出門時，他們發現：「阿甯咕，地球即將爆炸，你為什麼只抓一隻黃色小鴨鴨？」

「那是給端端咬的玩具。」阿甯咕堅持，旁邊的端端搖了搖尾巴。

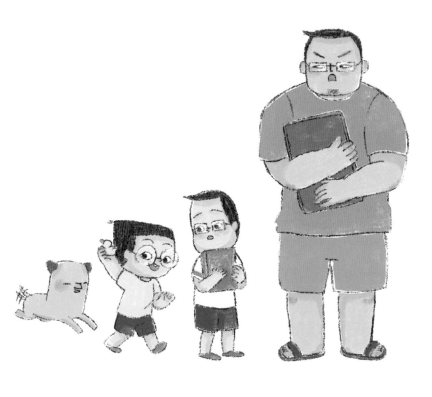

太陽緩緩落在大樓間，
陽光把草地照得金金亮亮，
有個老爺爺在打太極拳。

「末日太極拳。」
爸爸的聲音低低的，
「可是他不知道。」

何奶奶坐在長椅上晒夕陽。

「末日夕陽。」
爸爸的聲音低低的，
「她也不知道啊！」
河濱公園裡，還
有末日滑板車、末日
風箏和數不清的末日
腳踏車。

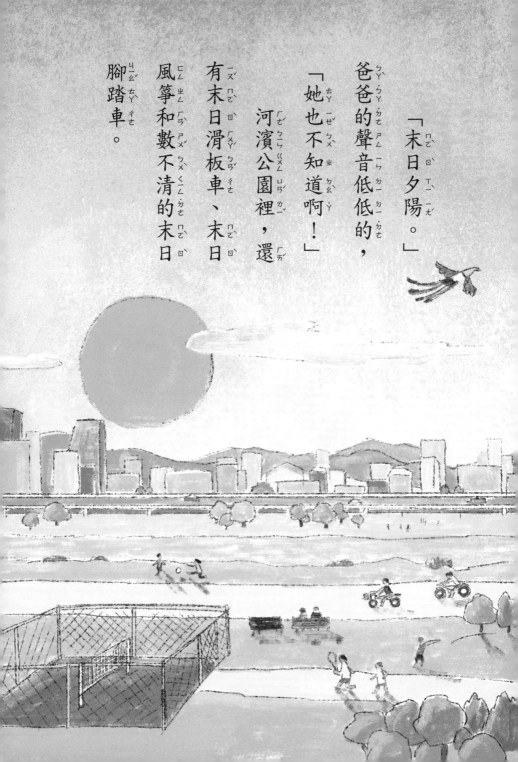

「他們統統不知道。」父子三人大喊時，端端興奮的直叫。

「這是末日犬吠。」阿甯咕把小鴨鴨丟給端端：「你咬的是末日黃小鴨。」

高空有架飛機，拖著長長的末日飛機雲。

爸爸朝孩子們喊：「不如，去超商買罐世界末日飲料，一人一瓶。」

除了飲料，他們還吃了蔥油餅，上頭抹了末日甜辣醬。

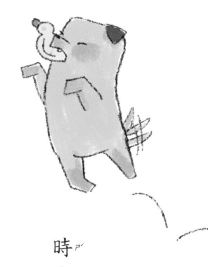

「最後，再豪氣的來支末日冰淇淋。」爸爸說：「反正世界就要滅絕了，不用在乎減肥了。」

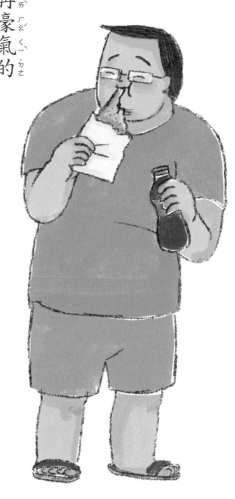

阿甯咕照以前的習慣，點了四支冰淇淋，咦！他突然想到：「爸爸，媽媽呢？她還不知道地球要爆炸了。」

這是世界的最後一天，要跟家人在一起。

回家的路上，阿甯咕跑得那麼急，他怕地球突然在下一秒爆炸，還沒找到媽媽……

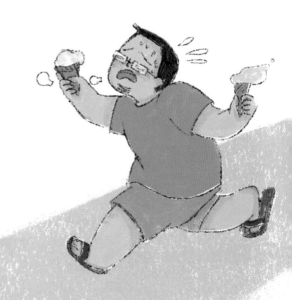

爸爸身體胖，跑得慢，
落在後頭，但聲音追上了：
「我們先接媽媽，再開車去
永和載奶奶。啊，還有阿中
阿伯和姑姑！」
咚咚咚咚跑上樓。
砰砰砰砰敲了門。

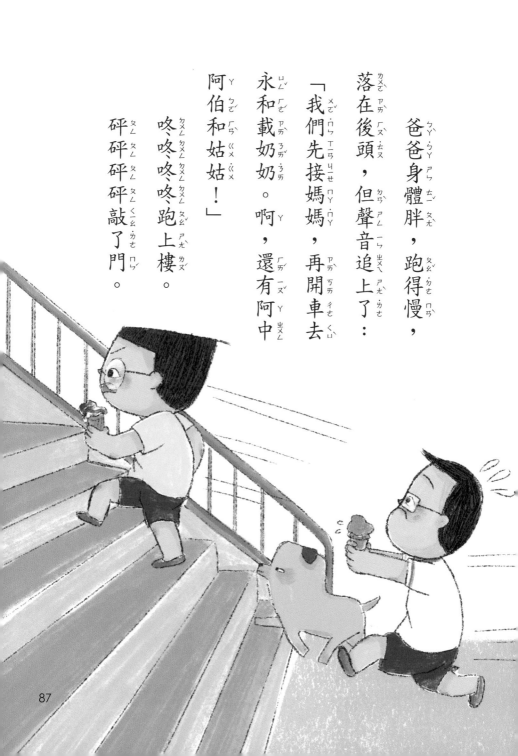

幸好幸好，媽媽打開門的剎那，地球還在，媽媽跟往日一樣慈祥。阿甯咕抱著媽媽，她身上有股香味，阿甯咕心滿意足的說：「世界末日來吧，我不怕了。」

媽媽揉揉他的頭：「傻瓜，什麼世界末日？」

「那是馬雅預言……」阿甯咕跑進書房，那本書在燈下閃閃發光，咦？燈亮著，他看看四周，家裡怪怪的。

哪裡怪呢？

他和端端在家裡跑了一圈：屋子裡的燈全亮了，冷氣正吹出涼爽的微風，家裡香香的，除了沙發的破洞還沒補。

「爸爸說家裡的燈壞了，冷氣壞了，那是末日徵兆。」

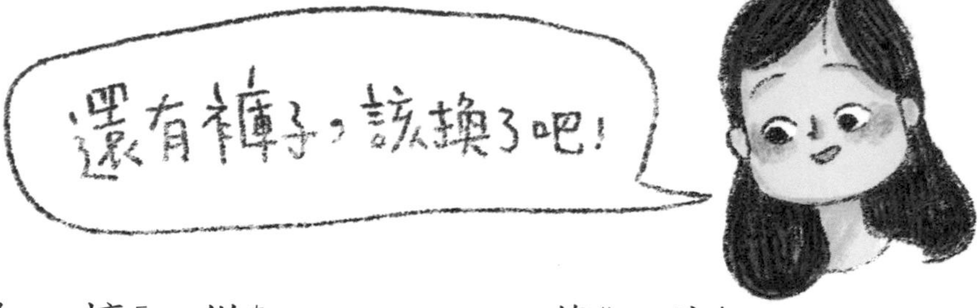

「你們上樓時，有沒有遇到一個扛樓梯的叔叔？他是水電師傅，剛剛替我們換了燈管，清了馬桶，連冷氣機都是他修好的。」

「可是家裡有臭味。」阿白說。

媽媽指著牆角的垃圾袋：「爸爸的書房從不整理，倒下來的書壓死一隻壁虎，我真懷疑，他怎麼有辦法在書房寫小說，對了，還有褲子，該換了吧？」

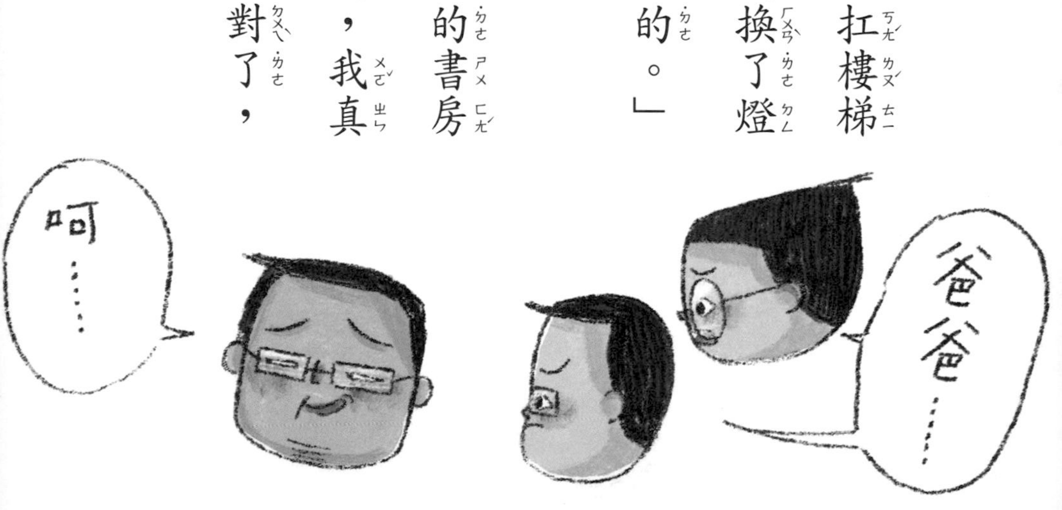

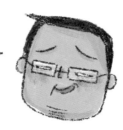

訂正

我的爸爸除了不會換電燈，也不換褲子，人家說浪子不換褲子。家裡被他弄得臭烘烘的，他還以為世界末日快來了，幸好有萬能的媽媽救了他，不然，他怎麼能在這個世界活下去啊？

用錯成語，罰兩隻黑兔。

駱家男人要管換不換褲子這種事嗎？

對，駱家男人不管，都是女人在管，嗚嗚！

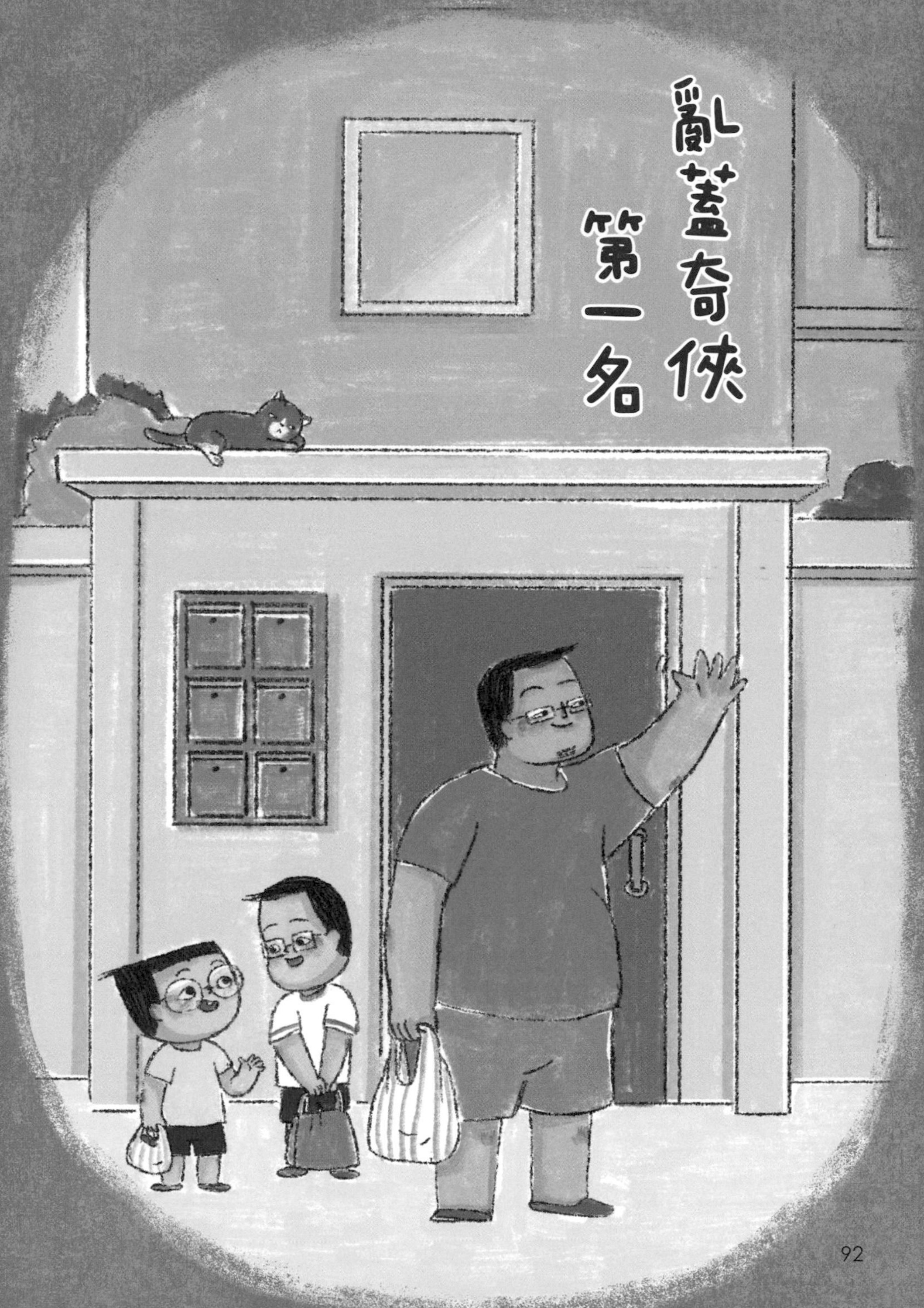
亂蓋奇俠
第一名

奶奶住中和，離阿甯咕家不遠也不近。

不遠的意思是開車去太隆重。

不近的意思是走路去太勉強。

爸爸手一招，計程車停下來，司機阿伯看看阿甯咕和阿白：「哇，兩個兒子，先生，你好命哦！」

爸爸很自豪：「普普通通啦！」

「讀幾年級啦？」

阿甯咕搶著說：「我二年級，哥哥四年級。」

司機阿伯從後視鏡裡看看他，「長得真高啊！」

「馬馬虎虎啦。」爸爸不謙虛：「比我矮多了。」

阿甯咕不服氣：「奶奶說你小時候也沒多高啊。」

司機阿伯說：「你們家兩位公子，看起來都飽讀詩書。」

「隨便養養，哪有什麼溼溼的書。」爸爸話匣子一打開：「那是基因好，我們駱家從盤古開天後，經過宇宙魔翻的加持，魔翻您知道吧？」

阿甯咕看司機阿伯臉上陰晴不定：「魔翻和漫威的動漫……」

「唉呀，你不要被動漫騙了，這個魔翻不是那個魔方，這個魔翻和二次元的善惡論有關……」

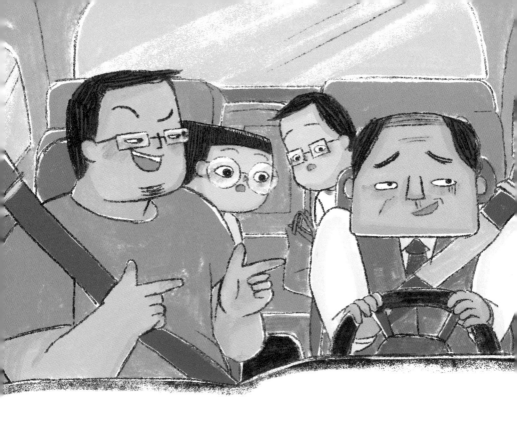

司機阿伯支支吾吾接不了話，阿甯咕下車，看著計程車離去的樣子，有種落荒而逃的感覺。

「真是亂蓋奇俠第一名。」阿甯咕搖搖頭：

「爸爸欺負老實的司機，司機日報上，一定把你列

成十大拒載惡客第一名。」

爸爸仰天大笑：「第一名，你們爸爸我啊——這輩子沒考過第一名，如果我登在上頭，一定要送給奶奶，讓她老人家開心……唉呀，不妙！」

阿白問：「什麼事不妙？」

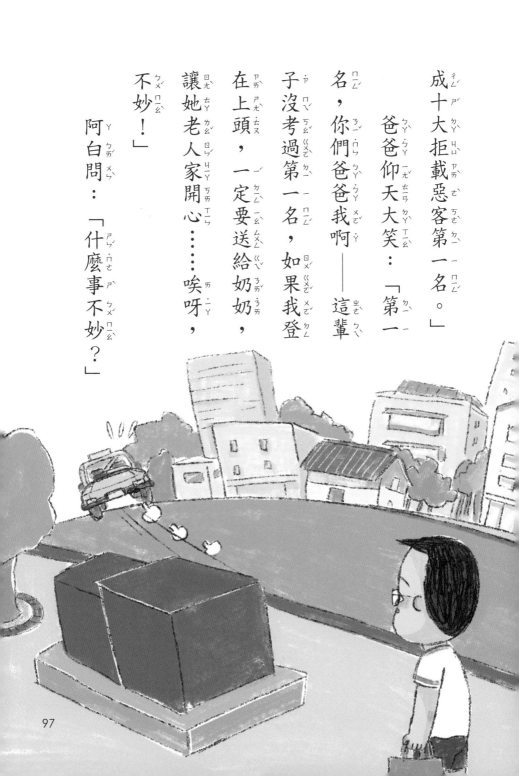

爸爸搔搔頭：「弄錯時間了，今天不該來奶奶家。」

「騙人！」阿白不相信。

「騙小孩。」阿甯咕也不信。

爸爸搖搖頭：「真的，我跟奶奶約明天回家。」

「只差一天。」阿白想衝進去。

「奶奶，我們來了。」阿甯咕喊。

爸爸急忙把阿甯咕的嘴巴摀著：「奶奶年紀大，行動不方便，我們回去，她都會先買好菜，做好飯。如果我們突然跑回去，你們忍心讓奶奶看著空冰箱，想著沒東西招待我們而傷心嗎？」

「爸爸，回家！」阿甯咕說：「別讓我們變成不孝子孫。」

他們回去的路上，吃了披薩。

隔天的計程車司機，是個老爺爺。

「兩個都兒子啊，真好命。」

「普普通通啦。」爸爸說。

「長這麼高，讀幾年級了？」

「二年級和四年級，其實都隨便養養啦。」

爸爸很不謙虛，「我們家基因好，他們有

宇宙魔翻來幫忙……」

聽著爸爸越扯越離譜，阿甯咕從後視鏡裡看見，司機爺爺的臉色越來越難看，等他們一下車，連謝謝惠顧也沒說，油門一踩，開走了。

不過，計程車很快又倒車回來。

司機爺爺紅著臉：「那個……那個忘了收車錢。」

「人家差點都不敢跟你收錢，」阿甯咕讚嘆：「爸爸現在是宇宙級榜首，連外星人也不敢載你了吧？」

爸爸扁完他後，突然像想起什麼似的喊：「唉呀，

不妙！」

「不會吧？」阿甯咕和阿白瞪著他。

「我又記錯了，不是今天……」

阿甯咕拉著哥哥：「宇宙神人級亂蓋奇俠，你自己慢慢表演，我們去找奶奶吃飯去。」

奶奶做的飯菜，清清淡淡好下飯。

吃完飯，又搭計程車回家，阿甯咕驚喜的發現，是個司機阿姨。

阿姨瞄了瞄他們：

「哦，兩個兒子啊。」

又來了，阿甯咕替阿姨覺得難過，難道計程車手冊上真的有標準招呼用語嗎？

下一句一定是好命啊，然後宇宙無敵亂蓋奇俠就會……

果然，爸爸懶洋洋的說：「普普通通，隨便養養啦。」

「什麼普普通通，兒子是爸爸上輩子的仇人，你上輩子仇人這麼多。」

「啊？」爸爸愣了一下：「兒子不是媽媽上輩子的情人嗎？」

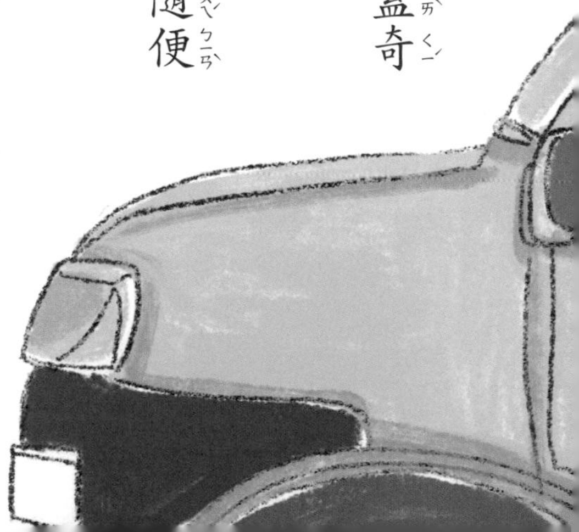

「所以啊，他們就是你的仇人，來跟你搶老婆的啊，我跟你說啊……」司機阿姨越說，爸爸就坐得越正，有那麼一刻，阿甯

咕覺得爸爸好像還不停的扭呀扭，好像椅子坐起來多難過似的。

「那個女兒……」

爸爸勉強想要反擊。

「你沒生女兒？」

爸爸搖搖頭。

「可惜啦，女兒還不錯，我的朋友……」

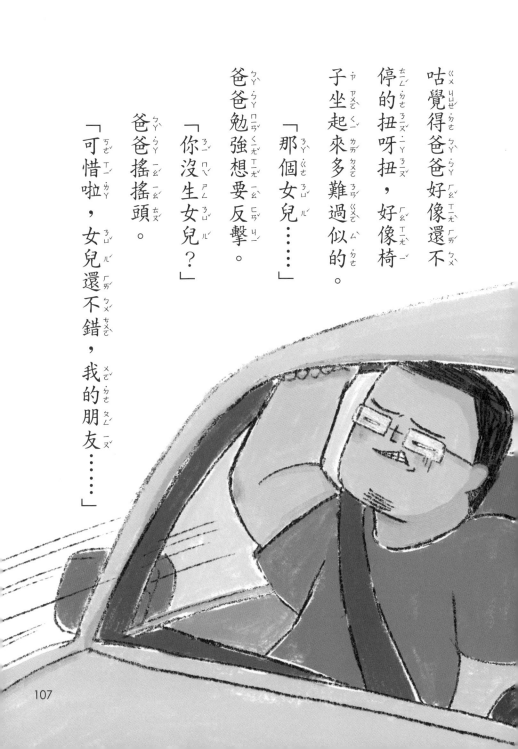

爸爸今天好安靜。

一直到下車，一向談笑風生的爸爸，難得的安安靜靜，難得的不斷點頭，連下了車，那司機阿姨還不急著把車開走。

搖下車窗，把一長串的話說完了，車子還是不走。

「難道，還有什麼要指示的嗎？」爸爸難得的客氣。

「先生，你少給五十塊了，這五十塊對你不算多，卻是我養大三個娃娃的飯錢……」

居然有人比我更會蓋……

訂正

爸爸是亂蓋奇俠第一名，什麼事都能說出一番大道理，難怪他可以當小說家，但是，他遇到奶奶、媽媽和計程車阿姨時就會變乖，我猜他是不敢欺負女生。

這叫做好男不與女鬥，你也應該學起來。

阿甯咕，好男生就要跟爸爸一樣，乖乖聽女生的話。

阿月子小吃店

「端端，拖鞋放下。」

阿甯咕穿著一隻拖鞋追端端，因為端端咬走他的鞋。

砰！砰！

書架倒了，書飛了。

啷——啷——啷！

鐵鍋子追著盤子。

唉喲唉喲唉喲！

端端踩過床上爸爸的肚子，後頭是緊追不捨的阿甯咕。

「拖鞋不能吃啦！」

阿甯咕越喊，端端跑越快，阿甯咕生氣了，脫下拖鞋，用力一扔，端端沒打著，咻——拖鞋從陽臺飛出去。

「哇！飛好遠哦。」

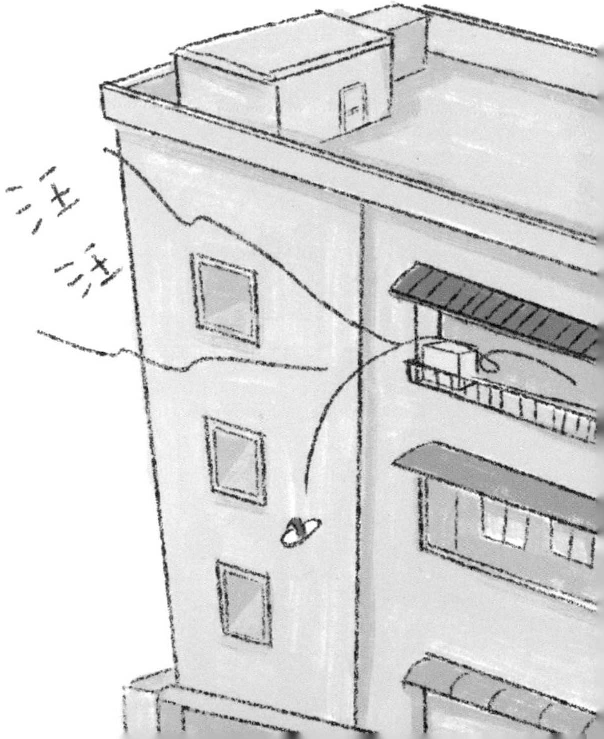

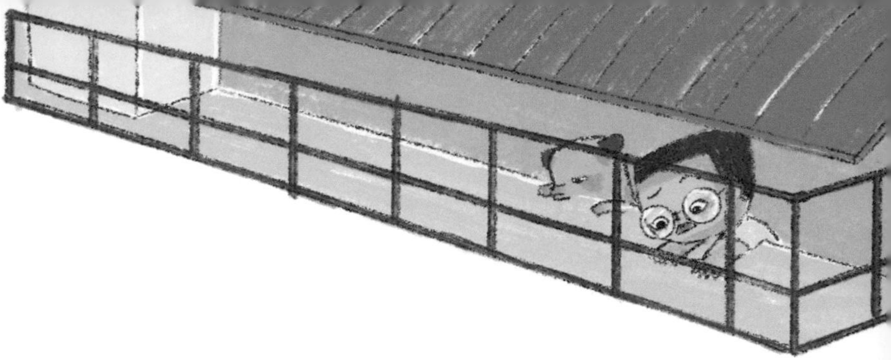

阿甯咕和端端趴在陽臺上，看著拖鞋落在人行道。

掃地爺爺走過來，想把它掃掉。

「那是我的鞋！」阿甯咕大叫。

掃地爺爺沒聽到，把它掃開。

一輛快遞車開過，把它壓扁。

「都是你啦。」阿甯咕光著腳，追著端端跑下樓。

「端端，你還不把拖鞋放下。」傻狗端端忠心耿耿的，依然叼著阿甯咕的拖鞋，興高采烈的跑在最前面。

除了撿回那隻拖鞋，阿甯咕還找到兩顆灰中帶黑點的石頭，一個造型很奇特的寶特瓶和半根掃把。

回到家裡，被吵醒的爸爸看了他一眼：「又去哪裡撿那些破銅爛鐵了？」

「你不覺得這兩顆石頭很特別嗎？它們可以放在魚缸裡，做孔雀魚的公園椅。」

「寶特瓶？」

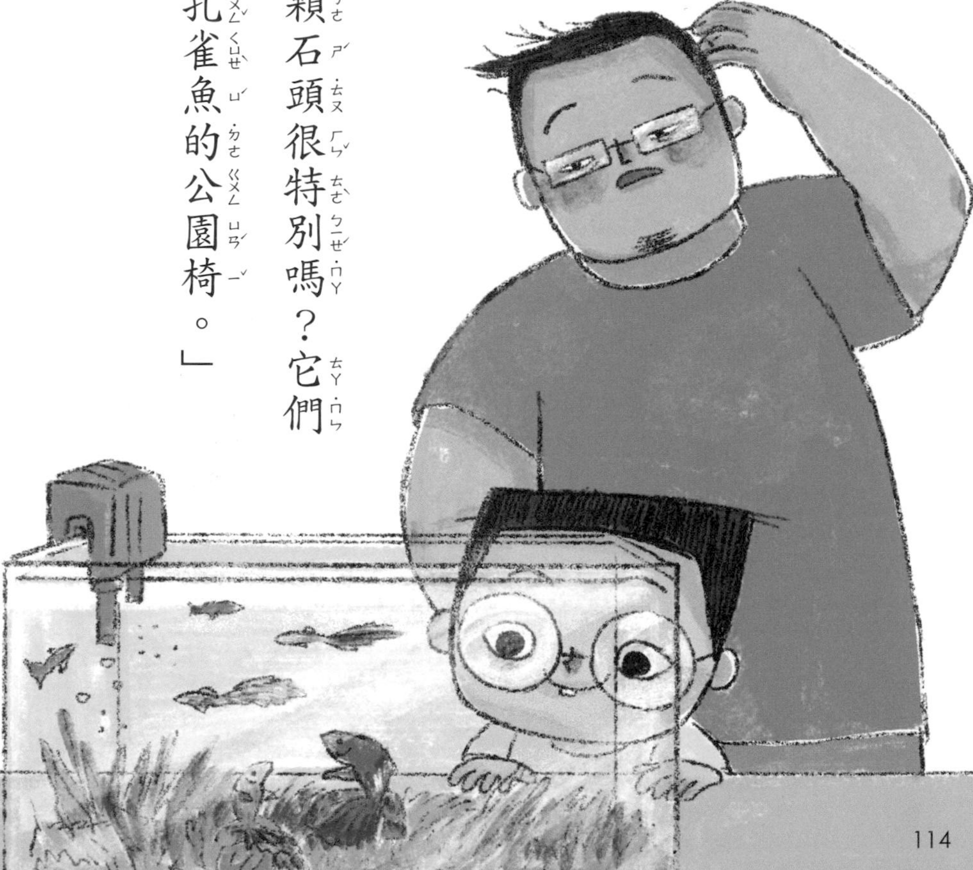

阿甯咕套著一隻扁一隻圓的拖鞋，啪答啪答跟著爸爸去馬路對面的「阿月子」。

阿月子是那種很傳統的路邊攤，冒著白白的熱氣，遠遠就有一陣油飯的香味，但是阿甯咕心情不太好：「我不要吃這家。」

「可是爸爸就喜歡這家啊！」

爸爸點了米粉、幾盤小菜：「老爸年輕時出國去玩，最懷念的就是阿月子，老闆，替我兒子切一盤腸子來。」

腸子送上來了，熱騰騰，冒熱氣。

「兒子，別客氣。」

阿甯咕沒好氣的說：「爸爸，你忘記了嗎，我最討厭腸子啊！」

「我吃素，那這腸子怎麼辦？」

「你吃素，怎麼還偷喝老闆用內臟熬的米粉湯，我要跟媽媽和奶奶說。」

「厚，你這小孩今天是吃了炸藥嗎？」爸爸放下筷子：「想當年，你爺爺最愛吃中山樓的餐廳，我記得我陪他去過兩次，只有他跟我，你爺爺喜歡那裡的煎黃魚、炸春捲。」講到爺爺當年，阿甯咕發現，爸爸的眼眶紅紅的，聲音低低的。

他拍拍爸爸的背：「好啦，好啦，

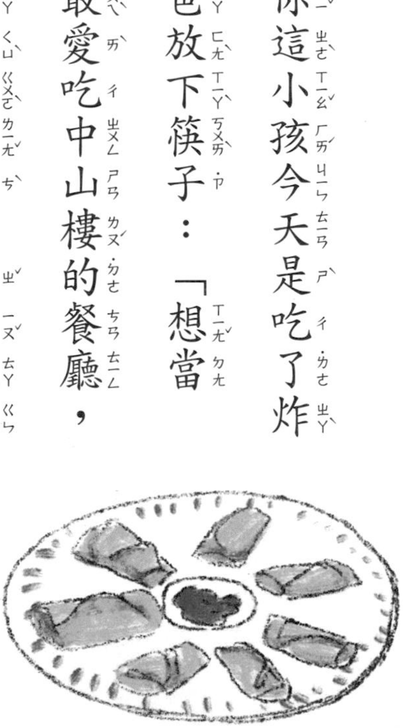

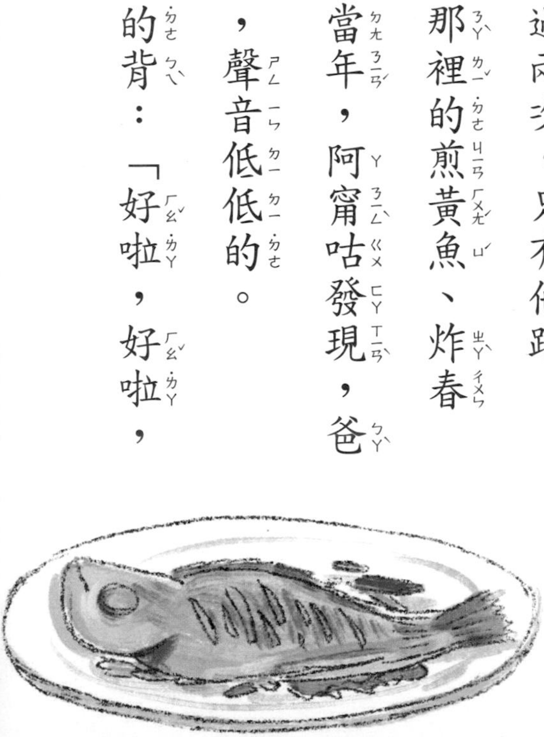

你別難過了吧！」

「誰難過了！」

「以後我帶我小孩來吃飯，我會跟他說，當年我跟你爺爺來阿月子吃油飯，爺爺很孝順，告訴我很多駱老爺爺的故事。」

「幹嘛跟你小孩講這個？」

「因為你講的時候，」阿甯咕把面紙遞給他：「邊講邊掉眼淚。」

「是你幫我加太多辣椒醬啦。」爸爸把淚一擦，像個愛哭的男子漢一樣，扒了一大口油飯：「其實我喜歡這裡還有一個原因，當年我追媽媽的時候，我就把她的小名叫做阿月子，每次來這裡吃飯，特別有感覺。」

阿甯咕發現爸爸在說這些話時，眼神好像飄遠了，聲音好像也變遠了。

但是，他又在爸爸細微的皺紋裡，發現幾條微笑的曲線……

「媽媽說，世上最會蓋的第一是建築公司，第二是爸爸，」阿甯咕用筷子把盤子裡最後一塊油豆腐搶過來：「哪有人會把情人的名字叫做阿月子，你又在亂蓋了！」

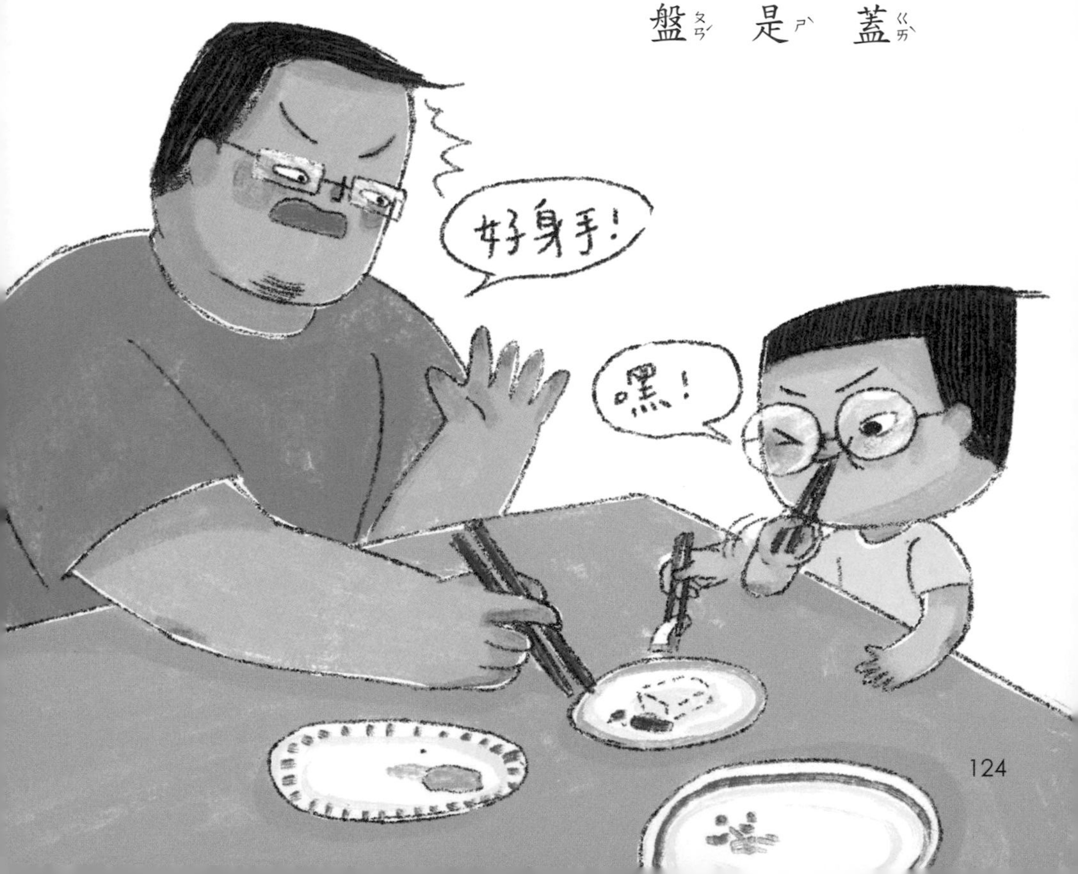

訂正

爸爸常說爺爺對他很嚴格，對他要求很多，他都沒做什麼事好回報爺爺，連去中山樓吃飯，也只去過兩次，但是爸爸講到爺爺時，眼眶都紅了，好像是什麼欲靜欲養的。

是樹欲靜而風不止，子欲養而親不在，連這句話都不懂，抄十遍。

阿甯咕懂這件事很棒，媽媽替你減九遍！

飛機雲

阿甯咕放學回家時，天空有道飛機雲，亮亮的朝著太陽落下的方向飛去。

「我回來了！」

端端搖著尾巴跑過來。

「我回來了。」阿甯咕又喊了一聲。

屋裡靜悄悄，爸爸不在書房，也沒窩在房裡睡大覺。

「我們去頂樓嚇爸爸。」

傍晚時分，爸爸通常會在頂樓澆花。

頂樓的花很漂亮，飛機雲越拉越長，太陽在大樓間徘徊，但是沒有爸爸的影子。

「去哪兒啦？」

阿甯咕踩著重重的步伐回到家裡，重重的打開書包，拿出作業。

他的心情也重重的，好想找人聊聊天，平時爸爸總在家，而今天……

今天早上到學校，經過便利商店，有一隻土黃色的小狗。

小狗跟端端好像，朝他搖尾巴，阿甯咕把吃一半的包子送牠，小狗一口就把包子吃掉，抬起頭，可憐兮兮的望著他。

「沒有了，我沒包子了。」

汪汪汪汪。小狗叫了幾聲。

「真的沒有包子了，你快回去。」阿甯咕趕他，小狗卻跟他走到校門口，阿甯咕趕，牠走兩步，回頭，就像端端。

他揉揉小狗的頭，小狗舔舔他的手。

他揉揉小狗肚子，小狗四條腿像抽筋一樣抖呀抖。

「是小狗。」

「好可愛的小狗。」

大頭和幾個同學走過來，摸頭的摸頭，握手的握手，大頭還把自己的飯糰拿出來：「給你當耶誕大餐。」

真呆，耶誕節都過那麼久了。阿甯咕心裡想，但是想也沒用，他被人擠到外頭了，想擠進去卻找不到縫隙。

哼！明明是我先找到小狗的。

阿甯咕走到校門口，突然聽到一聲大喝：「遲到了還在玩狗，去學務處。」

啊，是主任！

凶巴巴的主任要那群學生排成一隊進學務處。

校門口，只剩阿甯咕和那隻小狗。

小狗搖搖尾巴，阿甯咕低著頭。

幸好，主任沒看到他，但是，他們正在學務處門口被主任念。

「本來我也在裡頭。」

「連大頭也在！」大頭是他的好朋友。

大頭他們下課都要去學務處外頭罰站，還被派去掃校園裡的狗大便。

一整天，只要見到他們，阿甯咕就覺得有什麼東西，重重的壓在心頭，是他把小狗帶來的。

放學時，小狗不在校門口了，但大頭喊了他一聲：

「阿甯咕！」

阿甯咕假裝沒聽到，低頭，快步走。

爸爸說過，有些事，說出來會比較好受，他現在就想跟爸爸說。

但是，爸爸去哪兒呀？

好吧，先寫功課，桌子上全是他的寶貝，他動手清出一塊空間，一疊書和文具、玩具跌落地面，端端跑過來，咬走一張紙。

他把紙搶過來：

阿甯咕，爸爸去日本哦，下個月才回來，你別亂抓蟲呀、蛤蟆的回家養，別把咱們家變成昆蟲館，因為我不在家，沒人幫你照顧牠們。

爸爸筆

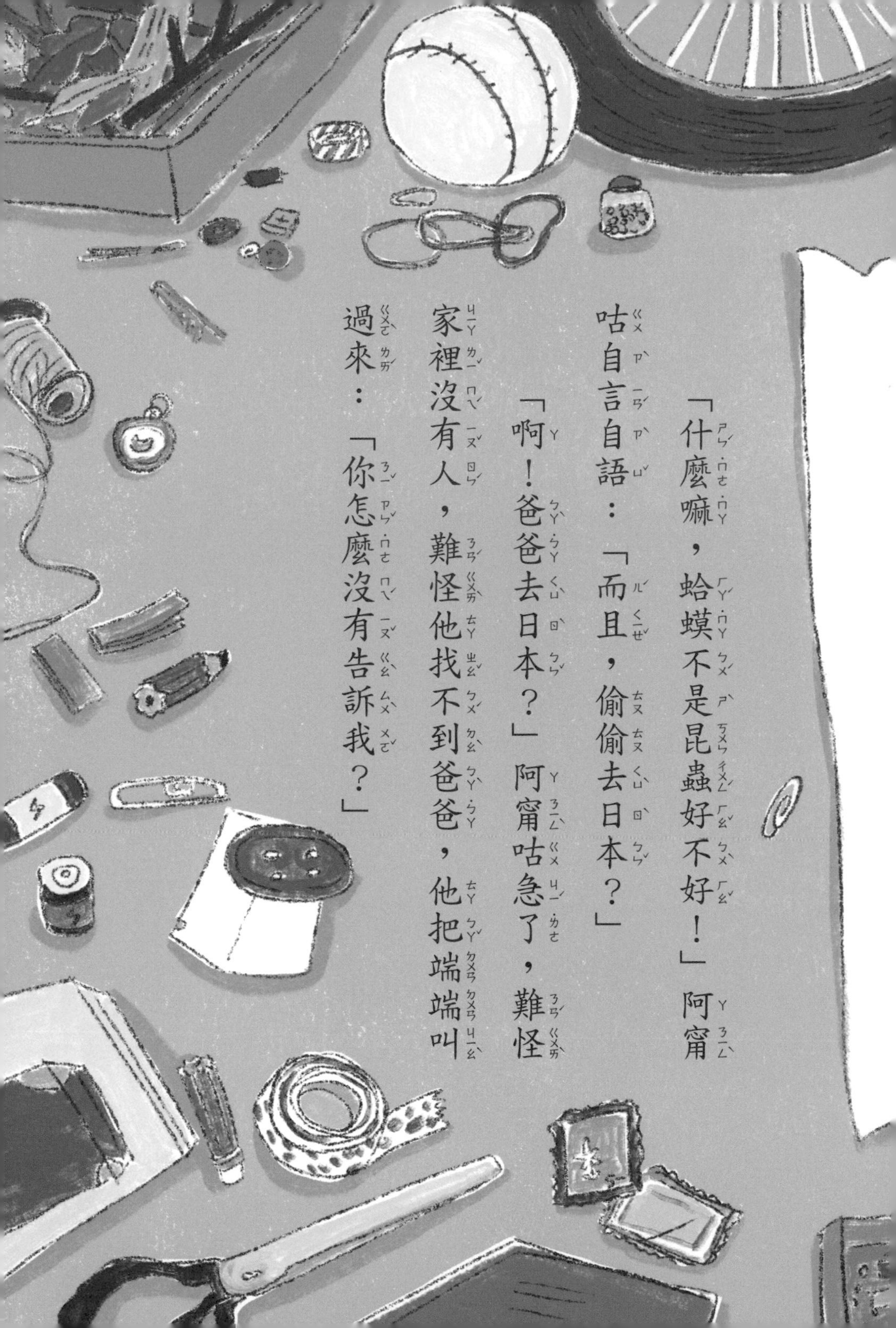

「什麼嘛，蛤蟆不是昆蟲好不好！」阿甯咕自言自語：「而且，偷偷去日本？」

「啊！爸爸去日本？」阿甯咕急了，難怪家裡沒有人，難怪他找不到爸爸，他把端端叫過來：「你怎麼沒有告訴我？」

端端不會講話，呆呆的望著他，像早上那隻小狗。

還好，有電話，即使爸爸在日本，電話一打就通。

「你下飛機了嗎？」

「什麼飛機？」爸爸在電話那頭說。

「你到日本了嗎？」

「什麼日本？」

「你不是留了字條，說你要去日本？」

「我在巷口的國術館做復健……」電話那頭的爸爸停了

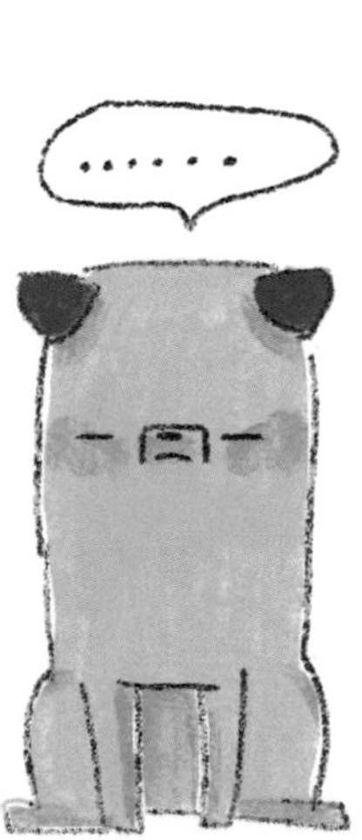

幾秒，突然大笑著，聲音快讓話筒爆炸了：「阿甯咕，你把桌子弄得像垃圾堆，今天才看到我去年留給你的字條？」

「啊？」

「你要早早把桌子清乾淨，去年就會打這通電話給我了啊，知錯能改善莫大焉，懂不懂？」

「懂了啦，知錯能改，先掃大便。」

阿甯咕直接把電話掛掉，帶著端端出門。

「我們去國術館看爸爸做復健。」阿甯咕跟端端說：「我明天去找主任認錯吧，大頭他們玩狗，我也有玩狗，就算主任要我掃狗大便我也不怕，因為爸爸說的對，知錯能改，先掃大便。」

天空，飛機雲早已不見蹤影，夕陽懸在大樓邊，金色陽光灑滿大地，照著他們，把影子拖得長長的。

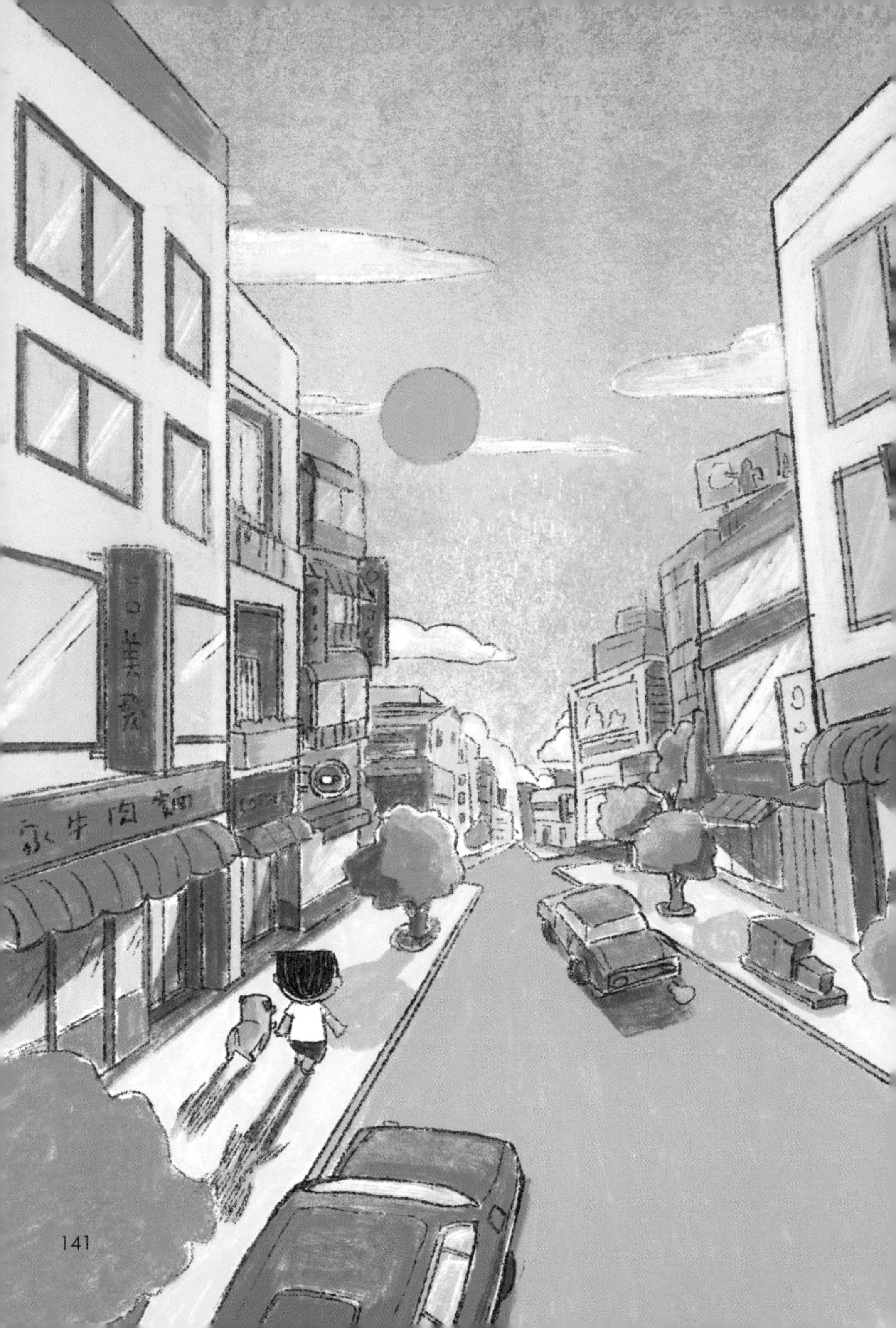

「我這麼誠實，爸爸說不定會讓我再養一隻狗。」阿甯咕在風中跑著：「端端，那條狗傻傻的，如果他來了，你們一定會是好朋友。」

或許他講的太可怕了，那顆久久不落的落日，好像就在一瞬間掉進海裡了呢。

訂正

今天，我發現爸爸說的話，還是有一小部分能
幫助小孩的，雖然大部分都是在玩小孩，但是提醒
我勇敢認錯，這一個部分對我的人生感覺有很大的
幫助，真是彌月真貴。
彌月是指滿月。

又不是彌月蛋糕，是彌足珍貴，多讀幾本故事書吧，你
以後也可以講出和爸爸一樣彌足珍貴的話。
那些不「彌月真貴」的話，就別記在心裡。

我的爸爸
作者：阿甯咕
我的爸爸是世界上最獨一無二的人。
他會夢遊，會半夜爬起來，吃光我的零食和藏起來不讓他發現發霉或過期的食物。
我的爸爸有健忘症，很粗心，因爲他的心總在他的小說、奶奶和我們一家人的身上，所以，有時連褲子穿十幾天都忘了換。
襪子還我！

媽媽說，全世界最會蓋的前兩名，第一名是建設公司，第二名是爸爸，爸爸亂蓋時我都會信以爲真，連計程車司機都被他騙了，但是，他正經起來會說很有用的話，雖然機會不多，每一句卻都「彌足珍貴」，值得好好學習。
總而言之，我爸爸是世界上最獨一無二的人，沒有人比得上他的偉大，只要他記得要天天換褲子，我會更愛他。
阿甯咕，
你給我過來！

閱讀123